ぼくの家族

ふるた　えつこ

文芸社

健太君との日々と、お別れ

明日は、ぼくの初めての引っこしだ。

ぼくはまだ小さいから、遠くへ出かけたことはない。明日の引っこしのことは、今日、お母ちゃまに聞いた。そんな急にって、思った？　まあ、自分たち家族が移動《いどう》するだけだから。

お母ちゃまは、

「目立たないように、朝早く移動《いどう》するからね」

って、言っていた。

いちおうおことわりしておくけど、夜逃《よに》げじゃないよ、早朝の引っこしだから。まあ、そっと出て行くという意味では、同じだけどね。

どこへ引っこすのだろう。ぼくはここ好きだけど……。

今の我が家は、健太君のおばあちゃんの畑の道具置き場だ。その中の野菜入れのカゴが、住み心地がいい。あっ、健太君はとなりに住む、ぼくの先生であり、友だちだ。

何それって、思った？ ぼく、ネコだから。あれっ、そこの君、ネコは「ニャー」しか言えないのじゃないかと思っていた？

そんなことないよ。ぼくは、君たち、人の言っていることがよくわかるのだ。健太君が、人の生活のことや人の考え方、いろいろな言葉の説明を、毎日毎日、一生懸命《いっしょうけんめい》教えてくれたから、本当にいろいろなことを知っているよ。

健太君は、図鑑《ずかん》や絵本を見せながら、ネコのぼくに話しかけてくれる、物知りの、親切な子だ。物を知って覚えるには、知りたいと

思う心が大切なのだっていうのが、健太君のおじいちゃんの口ぐせなんだって。

その健太君とお別れするのは残念でさびしいけど、お母ちゃまから「引っこし」の話を聞いた後で、いつものように健太君が絵本を持って教えに来てくれたので、「引っこし」のことを伝えた。

ぼくは、いろいろ教えてくれたことと仲よくしてくれたことに、お礼を言った。

健太君は、

「そうか、引っこすんだ！」

と言って、しばらくだまっていたけど、

「これからも、勉強続けるんだよ」

と言ってくれた。ぼくは、

「ミャ（元気でね）」

と言った。

それから、その日持ってきた絵本を使ったお勉強、「ねずみくんのチョッキはどこまでのびるか」について、最後に教えてもらった。毛糸で編《あ》んだチョッキがどのくらいのびるのかや、アヒル君、ライオンさんやゾウさんの大きさについて話してくれた。

この絵本に出てくる動物たちをみんないっぺんに見たかったら「動物園」に行く必要があるんだって。「動物園」って行ったことがないけど、健太君が通《かよ》っていた「幼稚園《ようちえん》」のようなところで動物が通《かよ》うところかしら？　ぼくも、そのうち行けるかな、と思った。


「ミャー、ミャー（ねぇお母ちゃま、新しいお家はどんなところ？）」

って、ぼくは、健太君とバイバイしてから聞いてみた。

「ニャー、ニャー（今よりも、海に近いところよ。みんないっしょに暮《く》らせる広くて目立たない所を、トラおじさんが見つけてくれたのよ）」

って、説明された。

トラおじさんというのは、茶と白のしましま模様《もよう》のおじちゃまで、トラと似《に》ているから、そんな名前になったらしい。といっても、ぼくはトラを見たことがない。トラも「動物園」に行かないと会えないんだって。動物園は近くにないので、ぼくは、大きなトラおじちゃまを、さらに大きくしたネコを想像《そうぞう》している。

「ミャー（ねぇ、海ってどんなところ?）」

って、ぼくはお母ちゃまに聞いた。

「ニャゴ、ニャゴ（広ーい所にしょっぱい水がたまっていて、そこに魚を取りに行くための船がたくさん浮《う》いているところよ。そのしょっぱい水の中にはいろいろな魚がいっぱい住んでいるのよ）」

と説明された。

お魚は食べていいけど、しょっぱいお水は飲んではダメなんだってさ。

「ミャオ（お魚！　お魚って、トラおじちゃまが持ってきてくれて、お母ちゃまがおいしいって言っている、あれでしょ！）」

ぼくはまだ食べられないけど、ちゃんと知っている。

「ニャー（そうよ、おいしいのよ！）」

トラおじちゃまは、お母ちゃまにお魚をときどき持ってきてくれる、やさしいおじちゃまだ。


トラおじちゃまは、ぼくのお姉ちゃまやお兄ちゃまとも仲よしだ。

あっ、そうそう、ぼくの家族は、ぼくよりちょっと年上のお姉ちゃまと、少し年上のお兄ちゃまと、お母ちゃまだ。

「ちょっと」と「少し」のちがいはよくわからないけど、たぶん、お兄ちゃまの方が年上だ。だって、屋根の上によく登るのはお兄ちゃまの方だし、ときどき虫やトカゲをつかまえてくる。トカゲやねずみをつかまえる「狩《か》り」は経験《けいけん》でうまくなるって聞いたから、お兄ちゃまがきっと年上だ。

トラおじちゃまとお兄ちゃまは、よくひそひそ話をしている。何を話しているのと聞いても、教えてくれない。「男同士の話だ」って。

どんなお話だか想像《そうぞう》もつかないけど、そのうち、ぼくも入れてくれるはずだ。だって、ぼくは男の子だもの。

トラおじちゃまは、お姉ちゃまには、ひもで丸く作ったきれいな玉を持って来てくれる。

お姉ちゃまは、よろこんでその丸い玉を追いかけている。コロコロ転がるのが楽しいらしい。ぼくは、チョウチョを追いかける方が楽しいと思うのだけど……。

そんなトラおじちゃまは、ぼくのこともかわいがってくれて、よく遊んでくれる。

ぼくはトラおじちゃまのしっぽを追いかけるのが楽しいし、トラおじちゃまの冒険《ぼうけん》の話を聞くのも大好きだ。

若《わか》いときは、出会った意地悪《いじわる》な犬やネコをバッタバッタと切りたおして生きぬいてきたんだって。「切りたおす」って、けんかして勝つことらしい。かっこいい‼

ぼく、わからないことがあって、一度トラおじちゃまに聞いたことがある。

「ミャー（トラおじちゃまは、ぼくのお父ちゃまなの？）」

って聞いてみた。首をふりながらトラおじちゃまは、

「ニャオ（お前のおふくろさんは、モテるからなぁ）」

って言った。これが答えらしいのだけど、それって、お父ちゃまということなのかどうか、ぼくにはわからないままだ。また今度、別の聞き方をしてみようと思っている。

もう一つわからないのは、ぼくの家族のこと。

お母ちゃまは真っ白で、長いしっぽをユラユラ立てている。お兄ちゃまは、黒いところに白い靴下《くつした》を履《は》いたような模様《もよう》で、しっぽは短い。お姉ちゃまは、白と黒のしましま模様《もよう》で、しっぽが長い。ぼくの体は白いところに大小いろいろな大きさの茶色の水玉模様《もよう》で、トラおじちゃまに似《に》た、長い、しましましっぽだ。

ぼくらはみんな、体の模様《もよう》がちがう。でもぼくら3匹《びき》はお母ちゃまの子どもで、家族な

のだ。

健太君が言っていたけど、人間の親子は見た目がどこか似《に》ているんだって。

「本当に親子で、きょうだいなの？」

って健太君に聞かれちゃった。

でも、なぜ模様《もよう》がみんなちがうのか、人間の学者さんは知っているらしい。大きくなったら、「なぜ」ってその学者さんに聞いてみたいな。

もうわかったと思うけど、ぼくは一番年下のおしゃべりネコで、「チビ助」と呼《よ》ばれている。よろしく。

さあ、引っこし

「ニャーゴ（朝が早いのでそう人はいないと思うけど、人と車と犬とネコに気をつけること）」

とお母ちゃまがぼくたちに注意してから、さあ出発。お外はまだ暗くてぼんやりしていたけど、ぼくらネコの眼《め》にはちゃんと見える。

ぼくは小さいから、どうしてもおくれそうになる。少し行くとお母ちゃま、お兄ちゃま、お姉ちゃまが待っていてくれる。ぼくは、小走りでついて行く。

どこも初めて見るところで、ついキョロキョロしちゃう。

広い原っぱやきれいなお庭のすみっこを通りぬけ、道路も無事にわたったよ。

道路って、車っていうのがビュンビュン通っていて、ネコにはあぶないんだってさ。ビュンビュン通るって、どんなことなんだろう、たぶんまだ見たことがないや。

何回か曲がって、今まで知らないにおいが少しするところまで来た。それが、海のにおいらしい。

長い草がはえた原っぱで、お母ちゃまが、

「ニャー（休憩《きゅうけい》しましょう）」

と言ってくれた。よかった。ぼくはずっと小走りでついてきて、つかれた。

「ニャー（ここで、トラおじさんを待つからね）」

とお母ちゃまは言って、ゴロンと横になった。ぼくもゴロンした。少しうとうとしたのかもしれない。目を開けたそのとき、ぼくの目の前を、黄色いチョウチョがゆらゆら飛んでいった。

「ミャーー（わー、チョウチョ！）」

と大声を上げたら、お母ちゃまが、

「ニャーゴ（遠くに行っちゃだめよ。もうすぐ出発するからね）」

と言っていた。でもぼくはもう夢中《むちゅう》。

「ミャー、ミャー（チョウチョ、待て待て！）」

と、トラおじちゃまが来たのも気づかずに、草の間をぴょんぴょん追いかけた。

チョウチョってずるいんだ。つかまりそうになると、すーっと高

いところに飛んでいっちゃう。

ぼくはつかまえたって思えるほど、ジャンプしたけど、顔から草の中につっこんだ。

残念！　ぼくだって木があれば高いところに行けるのに……バッタやトカゲじゃないから草に登ることはできない。

あれっ？　チョウチョめ、どこへ行った！

そのころお母ちゃまとトラおじちゃまは、ぼくのことを呼《よ》ぼうとしたけど、ちょうど人が何人も通りかかってあきらめたらしい。ネコが４匹《ひき》集まって鳴いていると目立つからね。

トラおじちゃまがぼくを探《さが》しにすぐもどって来ることにして、お母ちゃまたちは新しいお家に向けて歩き出したらしい。

ぼくは迷子《まいご》？

チョウチョに逃《に》げられちゃったぼくは、周りにお母ちゃまたちがいないことに気が付いた。あれ⁉

「ミャー（お母ちゃまーー！）」

と呼《よ》んでみたけど返事がないし、お母ちゃまの真っ白なしっぽも見えない。

草が高くて見えにくいんだなぁと思いついて、草のない所へ出てみた。そのとたん、大きな音がした。

「ブッブーー！　キーー！」

大きな音がしたときに、ぼくのすぐそばを、ものすごく大きな黒いかたまりが、すごい速さで通っていった。

「あぶない！」

その大きな音と同時にだれかがさけび、ぼくの体は宙《ちゅう》に浮《う》いた。

「車にひかれちゃうよ！」

と女の子が言って、ぼくの首の後ろをつかんで持ち上げていた。

あれが車か！　すごく大きかった。

大きなトラおじちゃまよりもずっと大きかったし、お母ちゃまが走るよりもずっとずっと速そうだった。あれに体当たりされたら、たしかに、トラおじちゃまでも勝てそうにない。ぼくなんか、まちがいなく、全然無理だ。

「車がビュンビュン」を、初めて体験した。

ぼくの首の後ろをつかんでいた女の子は、今はぼくの体を両手で包んでくれた。お母ちゃまがこわいと言っていた人間だ。

この女の子もこわい人なのかな？　それ

とも健太君みたいに、やさしい人かな？　ぼく、だいじょうぶかしら……。

「ミャ（放して！）」

ぼくは両手両足をバタバタしてみたが、放してくれない。

「ミャーミャー（お母ちゃま、トラおじちゃまー、助けてー！）」

「ミャー君、車にひかれなくてよかったね。小さいから、車から見えにくいんだよ。あぶないから車道に出ちゃだめだよ。君、1匹《ぴき》なの？　どこから来たの？」

「ミャー、ミャー（お引っこしの途中《とちゅう》で、お母ちゃまとはぐれちゃった。何しろ目の前を黄色いチョウチョがひらひらと飛んでいて……）」

ぼくが一生懸命《いっしょうけんめい》、順を追ってていねいに説明しているのに、この女の子は聞いていないみたいだった。

それとも、この女の子はぼくの言っていること、わからないのかな？

その女の子は、

「こまったなぁ、ここに一匹《ぴき》で置いていくわけにはいかないなぁ。また車道に出たら、車にひかれちゃう。家に連れて行ったらママなんて言うかなぁ」

と一人でぶつぶつ言って、しばらく考えていた。

トラおじちゃまは、ぼくを抱《だ》いた女の子のようすを、

（こまったぞ、チビ助が人間につかまっちまった）

と、草の間から見ていた。

まぁ悪い人間には見えないし、魚をくれる漁師《りょうし》さんみたいに、ネコをいじめない人間もたくさんいるが……。

（まだ、おふくろさんと別れるには、小さすぎるな）

って考えていた。

でも、トラおじちゃまだけでは、ぼくを取り返すことはできそうにないと判断《はんだん》したらしい。やさしい人だといいなって考えてから、向きを変えてぼくの家族の方へもどっていった。

トラおじちゃまとしては、「幸せになれよ！」と祈《いの》ってくれてたし、その後も外出するたびにキョロキョロして、ぼくを探《さが》してくれたらしい。

出会い

ぼくを手の平にのせた女の子は、歩き始めた。女の子の手は温かくてきもちよかった。少し歩いたところで、その女の子の家に着いた。

「ママ、ただいま。ねー、子ネコが車にひかれそうなところを助けちゃった」

「おかえり、陽子。今、何て言った。子ネコ?」

奥《おく》から、声がして、女の人が出てきた。

「ねぇ見て、手の中にすっぽり入って、こんなに小さいんだよ」

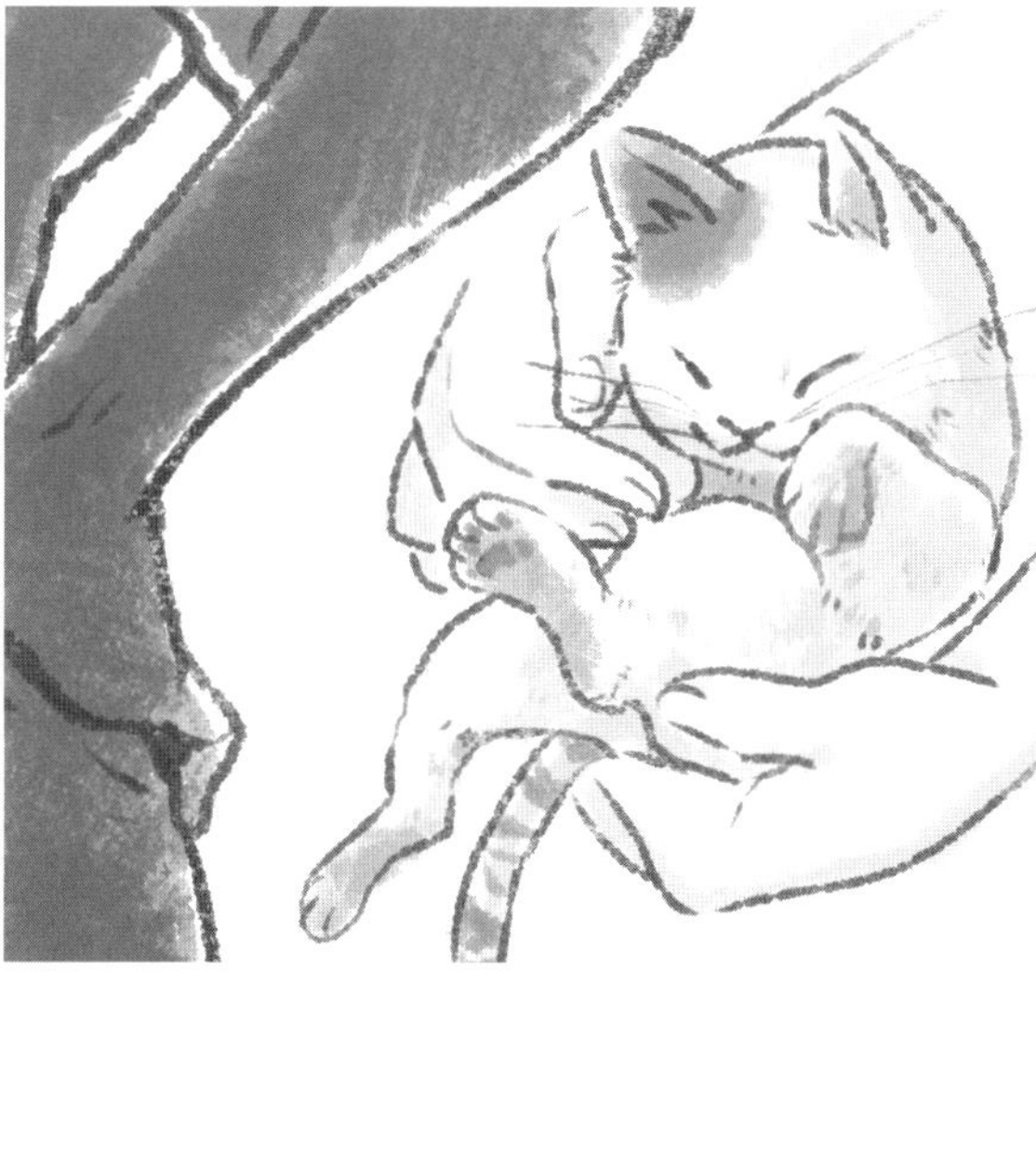

陽子と呼《よ》ばれた女の子が、ぼくをのせた手を前に出しながら、「ママ」という人に向かって言った。

「何を言ってるの！　ネコなんてダメに決まっているでしょ。うちにはサクラがいるのよ。それに、野原にいた子ネコなんて、ダニが付いていたらどうするの！」

と、大きな声がした。

「ミャーオ」

ぼくは、放してくれるかなと思って、もう一度がんばって手足をバタバタさせてみた。

この「ママ」という人は、女の子の手の中のぼくをのぞきこんで、

「短い手足をバタバタさせて、すごくかわいいわよ。でも、ネコをうちで飼《か》うなんて無理よ。うちにはサクラがいるでしょ。ありえない」

「ミャ（手足が短くて、悪かったですね！）」

そのうち、お母ちゃまみたいに、長くなるはずだから……。

「けっこう両方飼《か》っている家は、あるってさ！　仲よくなるらしいよ」

と女の子が言った。

「ミャーミャー」

バタバタ暴《あば》れていたら、おのどが渇《かわ》いたし、おなかも空いてきたし、お母ちゃまのミル

クが飲みたいけど……お母ちゃまは、どこかなぁ？　お母ちゃまのところに、連れていって！

「陽子、そんなこと言っても無理よ。うちには、このちびネコちゃんにあげるエサもないわよ」

ママという人は、女の子の「ぼくの世話をする」という考えに、反対している。

ぼくどうなるのだろう……。お母ちゃまたちみんなと、会えるかしら。

「ママ、わたしがスーパーに行って子ネコ用のエサ買ってくる」

と、今では女の子は「ぼくを飼《か》う」と言い張《は》っているみたいだ。

「ミャー（子ネコってぼくのことだね、きっと。エサって、ご飯のことだね。賛成《さんせい》、賛《さん》成《せい》！　その意見に賛成《さんせい》!!）」

「だから、ダニの心配をしてよ。サクラにうつったらどうするの」

と、ママという人は反対している。

「ミャー（ダニがうつるって何？）」

ぼくがダニというのを持っているって言っているのかな？

何も持っていないけど……。

ドラ何とかいう未来型のネコは、何でも出せるポケットを持っているんだって、健太君が言っていた。ぼくはそんなポケット持っていないや。だから「ダニ」も、持っていないはずだ。

「じゃあ、病院が先ね。サクラの病院へ行こうよ、ママ」

女の子は、ママという人の考え方に一つずつ言い返しているみたいだ。

ぼく、どうなるんだろう？

ところで、病院って何？　たしか、健太君のおじいちゃんがときどき行くところ？

ぼくがそこへ行くの？　何かいやな予感がする。

「どこかの飼《か》いネコの赤ちゃんだったら、今ごろ、探《さが》しているわよ」

というママという人の意見に、

「やせているし、飼《か》いネコには見えないけど……じゃあ写真付きの『子ネコを探《さが》している人へ』っていう貼《は》り紙を、原っぱのそばの電柱に貼《は》れば！」

と、女の子は言い返した。

「なんでそこまでするの？」

とママという人が聞いた。

「ママ、車にひかれそうになったこのチビネコを、車がビュンビュン通る道のわきの原っぱに置いて、帰ってこられる？」

これは、女の子の質問《しつもん》ではなくて、ママという人へのパンチだったみたいだ。

「仕方ないわねー、わかったわ。飼《か》い主が見つかるまでよ。まず、病院へ行くわよ」

ママさんは女の子に、言い負かされたみたいだ。

「ミャー（何するの！）」

ぼくのいやな予感があたったみたいで、ぼくは白いネットに入れられ、そのまま大きなカバンに入れられて、動物病院という所へ連れていかれた。

ぼくの初体験だ。

白いのを着た大きな男の人に、コチョコチョ体をさわられてから、おしりの方にチクンと予防接種《よぼうせっしゅ》をされて、首の後ろにポタッと薬をぬられた。

そして、ぼく用のミルクを買ってくれた。このミルクのとこだけ、気に入った。

「ミャー（あの白いのを着た人がいる病院というところは、あまり好きではないです）」

という意見をいちおう述《の》べておいた。わかったかなあ？　そうしたら、

「いい子だったね、えらい、えらい」

と言って、頭をなでられた。この「なでなで」は、けっこう気持ちがいい。


「名前を付けなきゃね。何がいいかなぁ」

女の子、陽子さんは、うれしそうに言った。

「ミャー」

ぼくは、陽子さんって、なかなか素敵《すてき》な名前だと思ったので、いい名前だねと意見を述《の》べておいた。わかったかなあ？

そのうち、おしゃべりできるようになってくれると思って、幾度《いくど》でも話しかけることに

決めた。

「ねぇママ、モモってどう？　桃太郎《ももたろう》のモモ、強そうでかわいいじゃん、どう？　サクラとモモも相性《あいしょう》よさそうだし……」

「ミャオ（ぼくの名前？）」

「でもこの子、男の子よ。モモって女の子の名前じゃない？」

「もう、ママは古いなぁ。今は男とか女とか言ってちゃいけないんだよ。君、気にする？」
「ミャー（ぼく、モモでいいよ。発音が聞き取りやすいから……）」
このときのぼくは、「桃《もも》」という食べ物を知らなかったので「モモ」と呼《よ》ばれたら、ぼくのことだと思って返事をすればよいとかんちがいしていた。それで、いい名前だと思った。
自然とぼくのしっぽが、左右にゆっくりゆれた。

「けっこう気に入っているみたいよ」

という陽子さんに、

「本当?」

とママは言ったけど、陽子さんの提案《ていあん》に反対はしなかった。

こうしてぼくは「モモ」という名前をもらい、陽子さんとママ、パパのお家で暮《く》らし始めた。

ぼくの名前はモモです、よろしく

何日か経《た》ったある日、ぼくの暮《く》らしているお部屋《へや》に、陽子さんとママ、パパ、がいっしょに来た。

遊ぶ時間かなと思ったら、陽子さんが、

「モモ、サクラとご対面だよ」

と言いながら、ぼくを抱《だ》き上げた。

「ミャ〜(そういえば、ときどき名前が出てくるサクラって何?　だれかな?)」

　陽子さんに抱《だ》っこされたぼくは、初めて階段《かいだん》を下りて1階へ行った。

　ぼくのお部屋《へや》よりもずっと広い居間《いま》にいたのは、サクラという名の、ぼくよりも、お母ちゃまよりも、トラおじちゃま

よりも大きな、モコモコの犬！　ネコの敵《てき》、犬だ！

逃《に》げ出さなくちゃと思った次の瞬間《しゅんかん》、

「ワン‼」

と、サクラという名の犬が、大きなひびきわたる声を出した。

「あら、サクラが吠《ほ》えた。めずらしい。ネコはやっぱり、きらいかなぁ」

と陽子さんが心配そうに言った。

「ミャー（サクラさんは『だれ？』って聞いただけだよ）」

ぼくとサクラさんは、見つめ合った。

後で陽子さんから聞いたのだけど、サクラさんって「シェルティー」っていう種類の犬なんだって。

「ほらあのコリーの小型犬」

というのが説明だったみたいだけど、ぼくはそのコリーを知らない。

うーん、深く考えてみたら、サクラさんを大型にしたのがコリーという種類の犬なのだ、きっと、たぶん、そういうことだ。トラおじちゃまとトラの関係ときっといっしょだ。

そのサクラさんは、全体が黒っぽい茶色だけど、お顔の周りは白いモコモコのマフラーを巻《ま》いたような毛が広がっている。

ぼくらネコより鼻がとんがった細くて長い顔をしているけど、眼《め》はとってもやさしそうだ。

耳が真ん中で折れて、耳の先っぽが下を向いていることもぼくとはちがう。ぼくのお耳は、よく聞こえるように、ピンと立っているし、あちこちに向けることができる。

長いしっぽがあることはぼくと同じだが、サクラさんのしっぽは、モコモコしていて太い。だけど怒《おこ》っているわけではないらしい。ぼくらネコは、怒《おこ》ったときやこわいときに、自分を大きく見せるために、しっぽを太くできるんだけど、サクラさんはその必要がなさそうだ。

しっぽの先っぽは、お首の周りや足先と同じで白い。

そのしっぽは、地面スレスレまでたれ下がっている。後で陽子さんが教えてくれたのだけど、その長さと形が、血統書《けっとうしょ》付きのシェルティーのホコリなんだって。ぼくの知っている「綿《わた》ボコリ」のことではなさそうだけど、深く追及《ついきゅう》しなかった。

血統書《けっとうしょ》というのもぼくにはよくわからないが、サクラさんのパパとママがシェルティーだって書いてある紙のことらしい。

ぼくは、お母ちゃましか知らない……ちょっとさびしい。

とにかく初対面でわかったのは、サクラさんは冬向きの毛に被《おお》われているということ。今はちょっと暑そうだけどずっと先になったら寒い冬っていうのが来るらしい。

その冬までに、くっついて寝《ね》られるようになると、ホコホコ暖《あたた》かくてよさそうだと、ぼくは勝手に考えた。

ぼくは、ネコと人の言っていること以外に、犬語もわかるということを、初対面のときに知った。ぼくって、天才かも！

「バウ（ちびちゃん、なんでこの家に来たの）」

とサクラさんに、小さな声の犬語でたずねられた。

「ミャオ、ミャオ（お母ちゃまと原っぱではぐれて、道路に出ちゃって車にひかれそうになったとき、陽子さんに助けられて）」

とぼくも静かな声で答えた。

「ハフー（そうなの、よかったわね）」

と、サクラさんにやさしく言ってもらえた。

「ミャー（よろしくお願いします。いろいろなことを教えてください）」

とぼくはていねいに挨拶《あいさつ》をした。

「ハフ、ハフ（わたしは犬だから、ネコとは遊ばないわよ。今まで、一匹《ぴき》で静かに暮《く》らしてきたのよ。いっしょの家にいてもかまわないけど、静かにしてよね。何しろ、わたしは年寄《としよ》りなのよ）」

「ミャーミャー（そんなこと言わないで。それに、全然年寄《としよ》りなんかに見えないし……）」

「ハフ（あら、ありがとう。たしかに、あちこちで若《わか》く見えるって言われるけど!!　でも、と

にかくお静かに……)」

初めての「犬」とのおしゃべりは、こんな感じだった。

こうして、ネコのぼくと犬のサクラお姉ちゃんとの生活が始まった。

サクラお姉ちゃんは、ぼくのことを気にせず、今までとほとんど同じ生活を続けているらしかった。

サクラお姉ちゃんの一日は、朝、家の人といっしょに起きてご飯を食べ、お散歩をして、昼寝《ひるね》して、夕ご飯を食べて、夜寝《よるね》する。その間に少し、パパや陽子さんが投げたボールを取ってくる遊びをしたり、ぬいぐるみの眼《め》や口の辺《あた》りをこわして中綿《なかわた》を出してから、ぺちゃんこにつぶれたぬいぐるみを口にくわえてふり回して、その場でジャンプしたりしている。

ネコのぼくのように、高いところに飛び移《うつ》ったりはできないみたいだけど、サクラお姉ちゃんのジャンプもなかなかなものだ。

このつぶれた中身の無いぬいぐるみは、ママや陽子さんが「あーあ!」と言いながら中身を元通り詰《つ》め、それをサクラお姉ちゃんが引っぱり出すという行動を、くり返している。

郵便はがき

料金受取人払郵便

新宿局承認

2525

差出有効期間
2025年3月
31日まで
(切手不要)

160-8791

141

東京都新宿区新宿1－10－1

(株)文芸社

愛読者カード係 行

ふりがな お名前		明治　大正 昭和　平成　年生　歳	
ふりがな ご住所	□□□-□□□□	性別 男・女	
お電話 番　号	(書籍ご注文の際に必要です)	ご職業	
E-mail			
ご購読雑誌(複数可)		ご購読新聞 新聞	

最近読んでおもしろかった本や今後、とりあげてほしいテーマをお教えください。

ご自分の研究成果や経験、お考え等を出版してみたいというお気持ちはありますか。

ある　　ない　　内容・テーマ(　　　　　　　　　　　　)

現在完成した作品をお持ちですか。

ある　　ない　　ジャンル・原稿量(　　　　　　　　　　　　)

書　名				
お買上 書　店	都道 府県	市区 郡	書店名	書店
			ご購入日	年　月　日

本書をどこでお知りになりましたか?

1.書店店頭　2.知人にすすめられて　3.インターネット(サイト名　　　　　　)

4.DMハガキ　5.広告、記事を見て(新聞、雑誌名　　　　　　)

上の質問に関連して、ご購入の決め手となったのは?

1.タイトル　2.著者　3.内容　4.カバーデザイン　5.帯

その他ご自由にお書きください。

(　　　　　　)

本書についてのご意見、ご感想をお聞かせください。

①内容について

②カバー、タイトル、帯について

弊社Webサイトからもご意見、ご感想をお寄せいただけます。

ご協力ありがとうございました。

※お寄せいただいたご意見、ご感想は新聞広告等で匿名にて使わせていただくことがあります。

※お客様の個人情報は、小社からの連絡のみに使用します。社外に提供することは一切ありません。

まあ、毎日のように同じことをくり返すのが、好きなのだ。

ぼくが来たことで、サクラお姉ちゃんはぼくともたまにお話をして、ぼくのことを追いかける運動をしている。追いかけっこは、ぼくにもいい運動になっているし、パパ、ママ、陽子さんが「サクラがよく動くようになったね」って、よろこんでいる。

だけど、逃《に》げる役はつかれるときもあるから、そのときは、ぼくはネコタワーに登る。新しく、ぼくのために用意してくれた素敵《すてき》なベッド付きの、天井《てんじょう》近くまで登れるタワーだ。

ベッドに置かれたふかふかのお布団《ふとん》の上で、日差しを浴びながらウトウトするのなんて、最高だ。

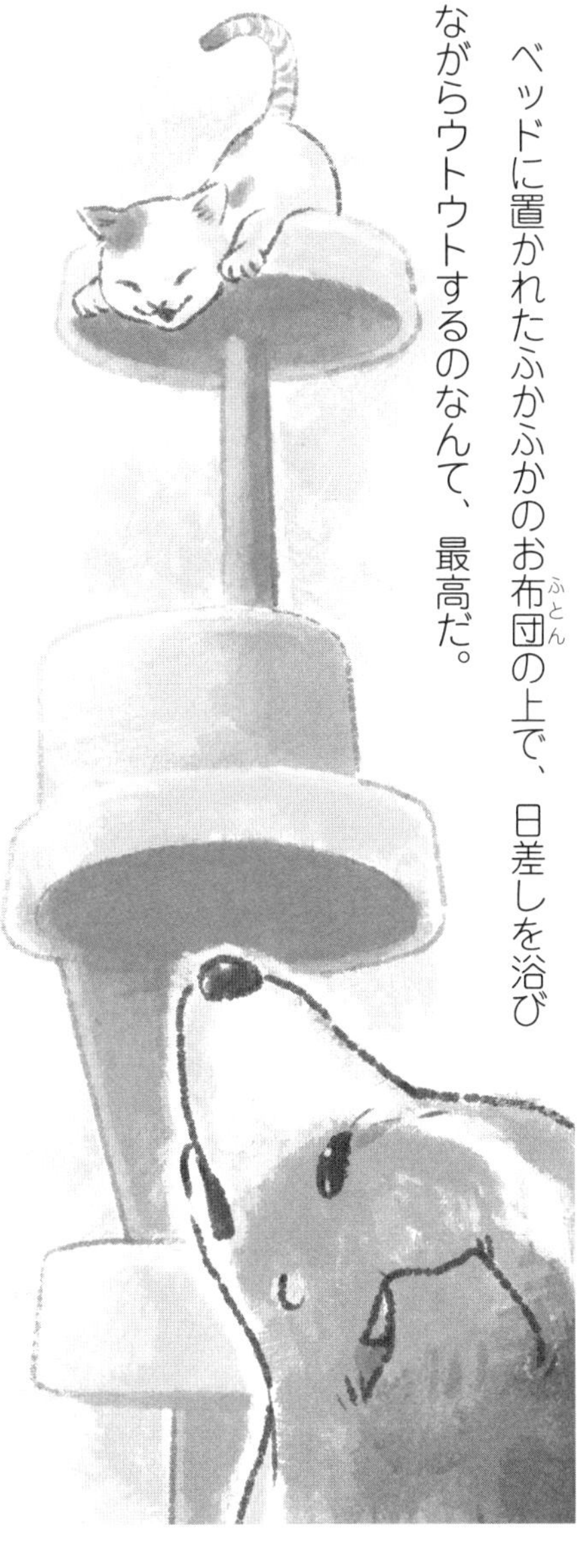

この家の人はみんなやさしいし、ご飯にこまることもないし、ぼくは幸せだと思う。

でもたまに、本当にたまにだけど、ぼくは出窓《でまど》のところでお外をながめながら、お母ちゃま、お兄ちゃまやお姉ちゃまのことを考えた。別に閉《と》じこめられているわけではないのだけれど、ぼくはお家の中だけで過《す》ごしている。サクラお姉ちゃんのように、お外へは行かない。けがもしないし安全なのだ。

だけど、お外を自由に飛び回ってチョウチョを追いかけて、つかれたらお母ちゃまのところにもどって、ミルクをもらってから寄《よ》りかかって寝《ね》ていたころのことを考えちゃう。お母ちゃまは、健太君がそっと置いてくれた「ネコのカリカリ」だけではおなかを空かしていたのかもしれないが、ぼくはお母ちゃまのミルクで満足だった。

引っこしなんかしなければよかったのかな。そうすれば、今でも、みんなといっしょに暮《く》らしていたのに……。

みんな元気かな、ぼくのことを心配しているかしら、引っこし先の新しいお家は快適《かいてき》かな？　そんなことを、ぐるぐる考えちゃう、ぼくだった。

トラおじちゃま

陽子さんのお家には、ママがきれいにお花を植えているお庭がある。そのお花の向こう側、塀《へい》との間を、ときどき、ぼくの知らないネコさんたちが通り過《す》ぎていく。

ある日、トラ模様《もよう》の大きなネコが庭に入って来た。出窓《でまど》からお庭を見ていたぼくは、思わずさけんだ。

「ニャー（えっ！　トラおじちゃま？）」

ぼくはあわてて、窓《まど》ガラスをつめでカリカリした。庭を横切ろうとしていたそのネコが、こちらを見上げた。

「ニャオ（チビ助か？）」

「ニャー（そうだよ、ぼくだよ！）」

「ニャー！（無事だったのだな、よかった、よかった！）」

「ニャゴ、ニャゴ（トラおじちゃまは元気？　みんな元気？）」

ぼくは夢中《むちゅう》でたずねた。

ちょうどそのとき、トラおじちゃまの答えを聞く前に、ママが部屋《へや》に入って来た。ニャゴニャゴ言っているぼくを見て、

「モモ、どうしたの？」

と窓《まど》の外に顔を向けた。

トラおじちゃまは、あわてて、去っていった。お話ししたかったのに……。

ママはのんきに、

「ネコのお友だちができたの、よかったわね」

なんて言っている。

ぼくは、ものすごくトラおじちゃまと話がしたかった。ぼくは、家族に猛烈《もうれつ》に会いたく

なった。

それからのぼくは、できるだけお庭を見ながら、出窓《でまど》で過《す》ごした。

何日かして、トラおじちゃまは、話をしに来てくれた。ぼくがはぐれてしまったとき、何人もの人が通りかかったので大声でぼくを呼《よ》ぶことができなかったそうだ。それで、いったん、みんなで新しい家の方に移動《いどう》することにしたらしい。

でもお母ちゃまが、ぼくを置いていくわけにはいかないって言って移動《いどう》をしぶったこと、少しの間トラおじちゃまは残ってぼくを探《さが》してくれたし、あの原っぱを中心に何日もあちこち探《さが》してくれたことを聞いた。お母ちゃまが、引っこしなどしなければよかったと言っていたらしい。

ぼくが、チョウチョに夢中《むちゅう》になったせいだ。お母ちゃまを苦しめちゃった、ごめんなさいと、改めて思った。

今のお母ちゃまたちのお家のことも聞いた。そこは、以前からトラおじちゃまが住んでいた漁師《りょうし》さんの作業小屋の奥《おく》の方なんだって。いろいろなものがあって、けっこう住み心地がいいし、漁師《りょうし》さんがやさしくて、おいしいお魚も毎日のようにもらえるらしい。

ここからの行き方、近道も教えてもらった。でも、トラおじちゃまは、

「ニャー、ニャー（ここで暮《く》らした方がいい。野良《のら》になったら、生きていくだけで大変だからな。来るんじゃないぞ）」

って言った。

それから、向きを変えて歩き出したので、ぼくは急いで、

「ニャーー（ごめんなさいと、お母ちゃまに伝えて）」

とお願いした。

「ニャーゴ（ああ、わかったよ。この前、チビ助に会えたこと、元気そうだったことや大きくなったことを話したら、本当によろこんでいたよ）」

と教えてくれた。

それを聞いて、ぼくは少しほっとした。

来るなって言うけど、ぼく、お母ちゃまたちに会いたいな……。

お別れと再会《さいかい》

お母ちゃまに会いたいという気持ちは、日に日に大きくなった。

そんなある日、いつものようにママはお庭で花の手入れをしていた。でもそのときのママは、いつもとちがって、窓《まど》を完全に閉《し》めなかった。ぼくはその開いた窓《まど》のすき間から、お庭に下りてみた。

芝生《しばふ》が足裏《あしうら》の肉球にチクチクした。次の瞬間《しゅんかん》、トラおじちゃまから聞いたお母ちゃまたちがいる引っこし先のお家めがけて、ぼくは駆《か》け出した。

ママがおどろいて、

「モモ、どこ行くの！　もどってらっしゃい！　あぶないわよ！」

と大きな声でさけんで、後を追いかけてきた。

でも、ママはすぐに、走るのをやめ、もう一度「モモー」と呼《よ》んでいた。

「ニャー（ゴメン、ママ。でもぼく、お母ちゃまの所へ行きたいの。ぼく、家族と暮《く》らしたい！）」

車に気を付けて道路をわたり、以前陽子さんに助けてもらった原っぱへ出た。

ここまでは、すごく近かった。きっと急いだせいだ。その原っぱの先のお屋根が付いた木の塀《へい》の上を歩いて、近道をした。

塀《へい》が終わったら、坂道に沿《そ》って低い方へ歩いて、陽子さんのお家とはちがう感じの家が並《なら》ぶ、海に近い漁師《りょうし》町に入った。左右を見たら、右に赤い郵便《ゆうびん》ポストがあって、その先にトラおじちゃまが言っていた青いかべの漁師《りょうし》さ

んの作業小屋というのがあった。もう二度と通らないかもしれない道だけど、トラおじちゃまのように、だれかに説明できるくらい、ちゃんと道順を覚えた。

漁師《りょうし》さんの作業小屋のそばまで行って、「お母ちゃま！」と呼《よ》ぼうとしたら、小さい声だけど、たしかに、お母ちゃまの声がした。

「ニャー（ちびちゃん、そっちは行かないのよ！）」

えっ、ぼくのこと？　と思ってドキッとしたら、

「ミャオ」

という声が聞こえた。

なんと、小さな生まれて間もないような子ネコが、網《あみ》の向こうに見えた。

まだ目が見えていないみたいな本当に小さな……。

ぼうっと見ていたら、トラおじちゃまが、後ろから近づいてきていた。トラおじちゃまに「来るな」と言われたのに来てしまったわけを「お母ちゃまたちに会いたかったから」以外になんて言ったらいいのかとちょっと迷《まよ》っていたら、

「ニャゴ、ニャゴ（おれの子だ、まだ生まれたばかりだ）」

とトラおじちゃまが言った。

「ニャー（そうなんだ、おめでとうございます！）」

ぼくはりっぱな挨拶《あいさつ》をした。

挨拶《あいさつ》はできたけど、ぼくはもう一番下の子ネコではないことがわかって、何となくさびしかった。子ネコ言葉はやめなくちゃおかしいな、ぼくもお兄ちゃんになったのだから……。

それに、トラおじちゃまは、ぼくのお父ちゃまではないらしい。自分の子は、自分の子だと紹介《しょうかい》するのだから。

それから、お兄ちゃまが、お母ちゃまの所を出て行ったことを教えてもらった。

男の子は、いつまでも家族と暮《く》らせないんだって……知らなかった。ぼくは、ずっと家族で暮《く》らせるものと思っていた。というか、何も深く考えていなかった。

ぼくにも、お母ちゃまたちとここで暮《く》らしていたら、そういう日が来るのだと知った。

お兄ちゃまはさびしくないのかなー……。お兄ちゃまの、靴下《くつした》を履《は》いたような白い足を、

なつかしく思い出した。

お母ちゃまは、ぼくを見てよろこんでくれたけど、毛づくろいはしてくれなかった。ぼくはもう、一人前《いちにんまえ》のネコ（一匹前《いっぴきまえ》のネコ？）として生きていかなくちゃいけないのだと知った。

ぼくは、チョウチョに夢中《むちゅう》になって迷子《まいご》になったことを謝《あやま》り、今はきれいなお家に住んでいて、「モモ」というりっぱな名前をもらって、やさしくしてもらっていることを話した。

お母ちゃまは、

「ニャー、ニャ（素敵《すてき》な名前ね、モモちゃん）」

と言ってくれた。ぼくは、少しうれしかった。
「ニャーゴ（じゃあね。会えてよかった！
またいつか会えるといいな）」
とかっこをつけて言ってから、元《もと》来た方へ向かって、駆《か》け出した。
ふり返らなかった。
ふり返ったら、ぼくのお目目の水があふれそうだったから……。

もう一つの出会い

角を曲がって走るのをやめ、下を向いてトボトボ歩き続けた。少しして気が付いたら、ぼくの知らない道だ。

あれっ、こまったぞ。ここはどこだろう。きっとまちがって曲がっちゃったのだと思い、少し引き返して曲がった。ドロンコの道も通ってその先をたしかめてみたけど、さっき通った道には出なかった。

勝手に飛び出したぼくが帰っていいのかどうかわからないけど、陽子さんのお家に帰りたかった。

どっちだろう。

原っぱにもどりたくてきょろきょろしていたそのとき、ぼくの前方に黒ネコが見えた。白い靴下《くつした》を履《は》いている！

「ニャー（お兄ちゃまー）」

と、ぼくは夢中《むちゅう》で声をかけたが、こっちを向いたそのネコは、お兄ちゃまとは似《に》ても似《に》つかない、こわそうな顔のネコだった。

こわそうっていうのは失礼だけど、白い毛は足先だけでなくて、顔にも稲妻《いなずま》みたいに入っていた。とても強そうで、こわそう！

「ニャ（ごめんなさい、まちがえました）」

ってていねいに言ったら、そのネコさんは、

「ニャオ（どうした？）」

って聞いてくれた。道に迷《まよ》ったことと、これこれこんな感じの原っぱを探《さが》していることを話した。

「ニャー（原っぱなんて、五万とあるぞ）」

って言われちゃった。

五万は、ぼくの知っている「20」より多そうだ。

五万か所をたずね歩くのは大変そうだと思ってそう言ったら、その強面《こわもて》ネコさんは
「ニャー！」

と、短く言った。どうも、「馬鹿《ばか》か！」と言われたらしい。そういう言葉は使っちゃダメ、人をきずつける言葉だからねと、健太君が教えてくれたっけ。まあ、ぼくはネコだけど……。

そう言おうかと思ったけど、ちょっとこわいので、やめておいた。

「ニャー（ついてきな）」

と言って、言葉が少し乱暴《らんぼう》なその強面《こわもて》のネコさんは、近くの原っぱに案内してくれた。

でも、どの原っぱも、ぼくの知っている原っぱではなかった。本当に迷子《まいご》、どこかわからない所で、今日から野良《のら》として生きるしかないかと覚悟《かくご》しかけたところで、原っぱのところに出る近道は、屋根付きの木の塀《へい》だったことを思い出した。

その、言葉が少し乱暴《らんぼう》な強面《こわもて》の、でも親切な

ネコさんに伝えたところ、

「ニャゴ、ニャゴ（だいぶ遠いぞ、連れてってやるが、どうしてこんなところまで来ちまったんだ）」

と聞かれた。

「ニャゴ（お母ちゃまに会いに行ったの、だけどそこには赤ちゃんネコがいたの）」

と話した。

「ニャー（そうか、『男はつらいよ』だな）」

と言った。どういう意味か今ひとつわからなかったけど、このいろいろな言葉と少し乱《らん》暴《ぼう》な言葉まで知っている強面《こわもて》の、でも親切なネコさんが、よいネコさんだということは、よくわかった。

それからいくつも道を曲がって、見覚えがある塀《へい》の前に来て、その先の原っぱのところまで付いてきてくれた。

このいろいろな言葉を知っている強面《こわもて》の、でも親切なよいネコさんが、

「ニャー？（まちがいないか）」

と聞いてくれた。

「ニャー（まちがいないです）」

と返事をして、

「ニャーゴ（ありがとうございました、本当に助かりました）」

とていねいにお礼を言った。

また会えるといいなと思ったら、心を読まれたみたいに、

「ニャゴ、ニャゴ（こっちの方には来ないからな、じゃあな、達者《たっしゃ》でな）」

って、先回りして言われちゃった。

「ニャー（お兄さんも気を付けて）」

って言ったら、丸い短いしっぽをピコピコ動かしながら、何も言わずに元来《もと》た方へ去って行った。やっぱり、ぼくの本当のお兄ちゃまに似《に》ていると思った。

冒険《ぼうけん》の終わり

その先の道はまちがえようもない一本道で、車にも注意して、陽子さんの家の前に来た。もう暗くなって、家々に明かりがついていた。この辺《あた》りは、夜は静かだ。

その静まり返った家のドアの前で声をかけたら開けてもらえるかしらと、少しドキドキしていたら、玄関《げんかん》がバタンと大きく開いて、家の中から陽子さんが飛び出してきた。そして、ぼくを抱《だ》き上げてくれた。

「ニャ」

ぼくが小さな声で、ただいまと言ってみたら、強く抱《だ》きしめられた。

「ニャーゴ！（つぶれる！）」

「モモ！　心配したよ。なんで外へ出たの？　外を歩きたかったの？　もう会えないんじゃないかと思って、本当に心配したよ！」

と言いながら、ほおずりをして、少し黒くよごれたぼくの手足をさすってくれた。陽子さんのお目目から、お水があふれ出てきた。

「モモ！　心配したわよ。なんで外へ出たの？　外を歩きたかったの？」

と、ママが陽子さんとほとんど同じことを言って、サクラお姉ちゃんの足ふきを玄《げん》関《かん》から持ってきてくれた。

「とつぜん飛び出したら、あぶないぞ。まあ、ことわってからというのも変だが……」

とパパが出てきて、ぶつぶつ言った。

パパは相変わらず口数が少ないけど、みんなの言葉を聞いて、ぼくはすごくうれしかった。もしかして、サクラお姉ちゃんがいるから、ぼくはいなくてもみんな平気か

と思ったのだ。野良《のら》ネコにもどる覚悟《かくご》で家を飛び出したはずだったけど、ぼくは、陽子さんたちに迎《むか》え入れてもらって、本当に、うれしかった。

家の中に入ったら、サクラお姉ちゃんが、

「ワン！（モモ！　外を歩きたかったの？）」

と、陽子さんたちと同じように聞いてきた。

「ニャー、ニャー（ちがう、ちがう、お母ちゃまの居場所《いばしょ》がわかったから、会いに行ってみたんだ）」

「ハフ（それで会えたの？）」

「ニャゴ、ニャゴ（うん、会えた。でもぼくの家はここで、パパやママ、陽子さんやサクラお姉ちゃんが家族だってわかった）」

「ハフ、ハフ（そう、よかった。心配したわ

よ」

だって。

へー、サクラお姉ちゃんもぼくのこと気にしてくれていたのだ。うれしい!!

その夜、子ネコのころのいろいろなことをネコタワーの上で考えた。ぼくは、初めての冒険《ぼうけん》でつかれているはずなのに、なかなか寝《ね》つけなかった。

ぼくの家族です、よろしく

まだ外は真っ暗な時間なのだが、新聞配達《しんぶんはいたつ》のバイクが来てポストに新聞を入れて行った。とうとう朝になっちゃった。まあ、今日はゆっくり昼寝《ひるね》をしよう。

新聞って、ほら、毎日配られる、パパやママがテーブルの上で広げて読んでいる、あの字や写真がのっている紙の束のこと。ぼくはだれかが新聞を読んでいるのを見つけたら、ネコタワーから降《お》りてテーブルに飛び移《うつ》り、新聞の真ん中にすわる。

パパは、ぼくをどかそうとして失敗すると、はしっこから次のページをのぞきこんでい

る。

ママは「モモー」と言いながら笑い出して、読むのをあきらめて、なでてくれる。

陽子さんは、あまり新聞は読まないみたいだ。その代わり、パソコンという平たくて薄《うす》い箱を持ち出してきてふたを開けてから、その中の四角いのがたくさん並《なら》んだキーボードというのをたたく。そのキーボードの上は、ちょっとすわり心地は悪いけど、温かさはなかなか気持ちがいい。

そのキーボードに乗ると、陽子さんは怒《おこ》らないけど、

「モモどいて」

と言う。そう言われたら、ぼくはたいてい、キーボードの上で寝《ね》ころぶ。そうすると、陽子さんはぼくを抱《だ》っこしておひざの上にのせて、なでなでしてくれる。

これが、一番気持ちがいい。

サクラお姉ちゃんは、だれかの足元で寝《ね》ているか、お姉ちゃん用の座布団《ざぶとん》の上で、犬のぬいぐるみを枕《まくら》に寝《ね》ている。

(ぼくがそばに行くのをゆるしてくれたら、ぼくが枕《まくら》になってあげるのに……。きっと温かいよ)

と思って、そっと近づこうとすると、たいてい追いかけられる。追いかけっこの始まりだ。どうがんばってもペタッとくっつくことができない。

なぜべったりがいけないかわからないが、これがぼくの家でのようすで、こんな家族との毎日を過《す》ごしている。

ぼくの外出さわぎ、冒険《ぼうけん》から何日かして、陽子さんが、

「モモ、お土産《みやげ》だよ」

と言いながら、鈴《すず》の付いた赤と青のきれいなひもを出してきた。

「ニャ？」

何だろうと思ったら、そのひもをぼくの体に巻《ま》きつけた。

「ハーネスって言うんだよ。これで、モモも安全に散歩ができるからね」

と言った。

何度も言うけど、ぼくは散歩がしたかったわけじゃなかったのだ。だけどまあ、散歩も悪くないかな。陽子さんたちだれか人が付いていてくれたら、迷子《まいご》になる心配もないはずだ。

世の中のいろいろなことがわかるだろうし、健太君のおじいちゃんの言っていた、「知りたい心」を満足させるために、きっと役立つはずだ。楽しみにしよう。

翌朝《よくあさ》から、会社へ行くパパを見送るサクラお姉ちゃんといっしょに、ぼくも近所を歩くことになった。

歩きながら、サクラお姉ちゃんが、けっこういろいろなことを教えてくれる。例えば、「次の角の先に側溝《そっこう》があるから飛び越《こ》えるのよ」とか、「あそこの角の家に、わたしと同じ種類のシェルティーのかっこいいオス犬がいるわ」とか、「もう少し行くと、6匹《ぴき》のシーズー犬を連れたおばちゃんに会っておしゃべりが始まるわよ」とか⁉

側溝《そっこう》の話は役立ったけど、サクラお姉ちゃんがオス犬の話をするなんて思ってもみなかった。年寄《としよ》りとか言っているくせにと思ったけど、恋心《こいごころ》はきっと大切なのだ。ぼくもときどきかわいいメスネコちゃんを見かけると、ドキッとするから、きっと同じなのだと思った。

ぼくは犬の種類はわからないけど、6匹《ぴき》いるのは数えられた。そうだ、20の次の数も、また、勉強しなくちゃ！

6匹《ぴき》のシーズー犬を連れたおばちゃんに会うと、たしかに、ママの立ち話が始まる。

シーズー犬というのは、サクラお姉ちゃんとは全然ちがう、くるくるした毛で被《おお》われていて、ぼくぐらいの大きさだということがわかった。ぼく、けっこう大きくなったのだと改めて思った。

このシーズー犬たちに会うと、サクラお姉ちゃんはさっさと「おすわり」をして、少し経《た》つと「ふせ」をして、おばちゃんとママの話が終わるのを待っている。シーズー犬たちは地面のにおいを嗅《か》いで、ぼくはキョロキョロして、それぞれ好きな姿勢《しせい》で待つ。

最初に6匹《ぴき》のシーズー犬のおばちゃんにぼくが会ったとき、

「あら、ネコちゃんもいっしょにお散歩！」

ってぼくのことを言っているので、耳をそちらに向けてよーく聞いてみたら、

「陽子が拾ってきちゃって、飼《か》い主も見つからないし、仕方ないから飼《か》い始めたの」

とママが言った。

「ニャ！（えっ）」

仕方ないからなの……？　以前、たしかに「飼《か》い主が見つかるまでよ」とか言っていたな。

ぼくは、一瞬《いっしゅん》複雑《ふくざつ》な気がしたが、ママの続きの言葉でホッとした。

「意外とサクラとも仲よしだし、何しろかわいいのよ。大事な家族になっちゃったわ！」

と言ってくれた。

「ニャーー（ありがとう、ママ。ぼく、うれしいよ）」

「ニャー（サクラお姉ちゃん、今のママの一言、聞いた？）」

「ハフ、ハフ（よかったわね、モモ。モモはりっぱな「飼《か》いネコ」に見えるわよ）」

と言ってくれた。

また、明日もお散歩に来よっと……ね、サクラお姉ちゃん。

あとがき

私の家族になった初めてのペットは、２羽の手乗り文鳥でした。その後、インコ、犬、猫と何十年も動物と生活を共にし、どの子も大切な家族でした。

彼らは、日々何を思っているのかなと想像したものが、今回の作品になりました。

楽しんでいただけましたか。

皆さんにもきっと大切な家族といえる存在がいると思います。

日々の小さな幸せを分かち合えることは、素敵ですね。

著者プロフィール

ふるた えつこ

現在、東京都立大学理学部客員准教授、NUMO評議員。博士（理学）、専門は放射線計測学。
特許を多数取得。文部科学大臣賞など受賞歴多数。アイソトープニュース誌、FB news等の依頼原稿多数。月刊誌エネルギーレビュー（エネルギーレビューセンター）に「放射線アラカルト」を連載中。
著書：『20XX年放射能問題』（幻冬舎、2018年）
趣味：七宝焼額絵、彫金、フェルト人形制作など

カバー・本文イラスト／にいど ゆう
イラスト協力会社／株式会社ラポール イラスト事業部

ぼくの家族

2024年２月15日　初版第１刷発行

著　者　ふるた えつこ
発行者　瓜谷 綱延
発行所　株式会社文芸社
〒160-0022　東京都新宿区新宿1－10－1
電話　03-5369-3060（代表）
03-5369-2299（販売）

印刷所　図書印刷株式会社

ISBN978-4-286-24698-7